오페라 미용실

오페라 미용실

윤석정 시집

민음의 시 159

민음사

自序

시절마다 가락에 맞춰
별똥별들이 밤을 스쳐 지나갔고
검은 골목들이 골목을 거닐었고
녹녹한 말들이 내 곁을 어슬렁거렸다.

2009년 11월

윤석정

차례

2부

3부

4부

작품 해설 / 이경수

1부

봉도(蓬島)

나는 나를 떠도는 섬
시가 된 나는 떠돌이 섬
시의 행간에 숨어 있는 섬
순간과 순간 사이를 항해하는 섬
시작과 끝이 한 몸인 섬
나는 나를, 기억을 잃어버린 섬
입속에 나를 감추고 나를 노래하는 섬

나는 나를 떠도는 섬
시가 된 나는 떠돌이 섬
내가 있거나 내가 없는 섬
죽음이 언어를 낳는 섬
혹은 언어가 죽음을 낳는 섬
나는 시가 된 섬
나는 떠도는 영혼의 섬
태어난 적이 없는 언어를 찾아 떠도는 섬

구름공장공원(工員)

눈물을 만드는 공장에 신들이 있다
증기를 가공하는 백만 분의 일 초
인연을 떠올리는 영 점 일 초
일만 헥타르 공장을 증기로 채울 수 있는 시간
잠시도 눈을 감지 않는 신들이 있다

삼백육십오 일 타오르는 불이 공장에 있다
공장 틈에서 화가 터져 나오는 천만 분의 일 초
기관을 달구던 신들은 가슴이 뜨거워
번개를 공장 바깥으로 치우거나 입이 커다란 바람을
시속 이삼백 킬로미터로 불게 한다
때때로 바람의 영향으로 공장과 공장이
다툼 없이 분리하기로 한 영 점 영일 초
가슴이 막힐 것 같다는 신이
화병으로 눈을 감고 숨을 거둔 적도 있다

한때가 지나고 매우 느리게
부지를 확장하는 공장을 보고
사람들은 적막하다 오해할 때도 있으나

화를 다스려야 하는 신들은 바쁘다

오래도록 변치 않은 신들의 방침이 있다

성실한 공원으로 산다는 것

공장과 자신을 한 몸으로 만들어야 한다는 것

눈물을 만드는 공장의 신들은 아파도 눈물을 흘린 적이
없다

사람들은 공장에서 버린 폐수를 눈물로 헷갈려 한다

인연이 내 가슴을 가져간 영 점 영영일 초

내 눈 속 공원들은 파업을 한 적이 없다

물렁물렁한 물고기

물렁물렁한 착상을 주무른다 손에 잡히면 금방 증발되거나 흐느적거리며 내려앉는 형상이 된다 유산시킨 영혼이 떠도는 팔레트에 물고기 뼈를 고아서 만든 아교를 섞는다 영혼의 입김을 불어넣으니 사라진 속살이 차오르고 비늘이 감싸인다 물렁물렁한 살을 찢고 지느러미를 빼낸 물고기가 퍼덕거린다 불현듯 그림판에 물살이 일렁인다 창세 이후 흙이 사는 강가에서, 아기 도요새가 곤히 잠든 둥지에서, 온갖 벌레와 어린 측백나무와 덩굴장미가 장악한 계절에서 이데올로기 없이 유영하는 물고기를 본다 붓끝에서 솟아오른 물고기가 연골에 힘을 넣는다 텅 빈 하늘이나, 으슥한 숲이나, 넓죽한 들녘을 배경으로 상상을 넣어버무린다 아가미가 수면으로 뿜어내는 공기방울을 놓치지 않는다 물고기는 갑작스레 숨을 멈추고 물밑으로 숨어 버린다 덜 여문 태아가 주검으로 부웅 떠오른다 환상통을 견딜 때 돋은 지느러미로 알아볼 수 없이 퉁퉁 불어난 형상을 그녀는 만진다

난해한 독서

지하철에서 나는 박쥐처럼 천장에 매달려 균형을 잡는
다 반쯤 눈을 뜨고 입을 다문 내가 차창에 상형문자처럼
새겨져 있다 어둠이 덧칠하던 차창에 또박또박 새기는 중
년 부부의 벙어리 문장들을 나는 읽으려 한다 이미 혀를
동굴 밖에서 빼앗긴 종족, 부부는 손을 쳐들고 티격태격
말없이 말싸움하는 중이다 붉혀진 얼굴은 글자 봉오리인
듯 부풀더니 펑펑 꽃을 피운다 자음 모음이 꽃술처럼 동굴
일대에 흩어진다 내 입은 동굴에서 딱딱하게 굳어 가는데
반면 말랑말랑한 입을 동굴에 풀어 놓는 부부 소리 없이
펄럭거리는 나비처럼 부부는 지하철이 멈추자 꽃이 지기
전 훨훨 날아서 동굴을 빠져나간다 내가 오역할 글자들이
철 바닥에 그득하다 자음 모음의 씨방을 휘감고 꾸벅 졸고
있는 박쥐들을 나는 힐끔힐끔 본다 이미 혀를 동굴 안에서
빼앗긴 종족, 박쥐들은 거동 없이 입과 귀를 잠 속으로 말
아 넣고 가끔 집 근처 역을 지나친다 그럴 때면 내게 절박
하게 읽혀진 박쥐들은 동굴에서 허둥지둥 나간다 나는 지
하철에서 자음 모음의 노선을 살펴보는데 얼기설기 살아
보고자 애쓰는 거라고 껌껌한 동굴에서 갈 길은 멀고 멀다
고 의역한다 나는 균형을 잃지 않고 동굴에서 아직 발설하
지 않는 씨방을 천천히 읽는다

귀

귀는 쥐를 먼저 봤다
뒤에서 밀담을 나누던 쥐
쥐가 귓바퀴를 빙빙 돌리더니
선잠 든 귀를 바퀴 속으로 끌고 들어갔다
생시에 본 적 없거나 볼 일이 없는 몽타주처럼
귓속 어둠을 후비고 다녔다

쥐는 소문을 번식시키는 종이었다
은밀히 새어 나간 소문으로 인해
귀퉁이를 갉아 먹도록 하는 무기형이 종족에게 내려졌다
어둠과 반죽된 음식물 쓰레기를 뒤적거리며
매일 연명해야 했다
귀가 쥐의 말을 해독하려 할수록 귓밥이 차올랐고
갈수록 아무 말도 들리지 않을 때가 늘어났다
귀머거리가 될 지경에 이르자
쥐가 귓바퀴를 파먹고 있음을 알았다

단 한 마리 쥐가 귀의 세상을 지배했다

잠결에서 깨어나고자 귀가 세상으로 쫑긋 서서
귀를 잡고 바퀴처럼 굴러 들어온 쥐를 끄집어냈다
쥐를 잡고 보니 귓속의 쥐는 헛것이었다
어둠으로 종적을 감춰 버린
꼬리가 가늘어진 소문을 귀는 추적했다

막다른 귀퉁이에서 쥐가 귀를 막아 버렸다
말더듬이 같은 이명을 귓속에 가둬 두고
쥐는 세상으로 빠져나온 이명의 귀를 갉아 먹었다
귀를 먹는 쥐가 변종하더니 세상에서 가장
귀해졌다

일요일 없는 일요일

말총머리 박 씨를 오가는 길목에서 만난다 나는 어느 일요일에 이 골목으로 이사 오고서 박 씨와 전혀 인사를 나눈 적이 없다 내가 그에 대해 아는 건 우락부락한 인상과 묶인 긴 머리가 가지런히 놓인 등에 혹처럼 달린 갓난아이의 아빠라는 것 성은 박씨, 가정부 박 씨라고 나는 가정한다

일요일 골목에서 박 씨는 아내와 함께 있던 적이 없다 여느 때처럼 아이를 업고 장 보러 가거나 이웃과 대화를 나누는 박 씨 그와 종종 길목에서 마주치는데 나는 알은 체 않는다 내가 수화기를 들고 당신이라는 고유한 번호를 누르자 신호음의 끝자락을 깨물고 나오는 당신, 당신이 찾는 나는 없다 공중전화 부스가 수화기를 붙들고 나에게 바악, 박, 박 씨 고함치는데 부스에서 나오는 나는 있고 박 씨는 없다

일요일은 골목에 없다 유모차에 끌려 다니는 노파에게 어제 오늘 내일이 일요일이고 늙는 건 휴식이 아예 없어서 일요일은 없다 박 씨의 말총머리가 시계추처럼 흔들거리고

아이는 하루가 다르게 자라는데 골목마다 들썩이는 새로
운 도시 신축 공사가 끝나면 골목은 없고 노파는 없다 세
탁소에서 드라이클리닝을 마친 양복을 데려가는 박 씨, 오
는 일요일이 양복에서 슬슬 빠져나가 골목에 일요일은 없
다 말끔해진 양복처럼 골목 어귀를 돌아나가는 일요일

　박 씨는 등에서 코 잠든 천진한 꿈마저 깨지 않도록 가
파르면서 좁아지는 골목으로 조심히 올라간다 박 씨가 말
총머리를 천천히 흔들며 온 골목을 나는 되짚어 내려가는
데 당신은 없다 공중전화 부스가 없고 수화기가 없다 어김
없이 돌아온 일요일인데 일요일은 어디에 있나

어디서 자꾸 소리가 나와요

괄약근이 고장 났나 봐요
힘주어 잠근 수도꼭지에서 자꾸 물이 새고요
냉장고는 매번 텁텁한 트림을 뱉고요
나는 구멍 난 장독 밑의 두꺼비처럼
화장실에서 쭈그려 앉아 있어요
내 몸은 나도 모를 신기한 소리를 감추고 있어요
괄약근은 머지않아 가수가 될 겁니다
개수대에 물방울 음계가 떨어지는
노랫소리를 듣고 있어요
소리의 파동이 내 귓바퀴를 어루만지더니
화장실의 적막을 헤집으며
스프링을 달았는지 통통 뛰어다녀요
웅근 소리가 아가리를 벌리고
나의 팔에 매달려 보채는 아이처럼
기어이 바깥으로 나를 끌어내려 해요
오래 풀어 놓은 괄약근을 조이며 일어서니까
복통이 아랫배를 두드리는 소리를 내요
그르렁거리는 냉장고는
보나마나 곰팡이의 영역이 된 지 오래고요

장마를 끝낼 무렵,
곰팡이가 야금야금 먹어 치운 벽면엔
아직도 구역 쟁탈전이 한창이랍니다
꽉 닫힌 냉장고 문을 열어
야채 칸, 과즙을 빨아들이며
보송한 솜털을 피운 곰팡이를 만지니까요
뿡 하고 방귀를 뀌네요
흐드러진 방귀 소리가 콧구멍을 치는데요
냉장고는 아무렇지 않은가 봐요
살아서는 결코
소리를 끌 수가 없을 테니까요

그 무렵 살찌우게

그 무렵 철로는 내 심장을 조이곤 했다 철제 궤도의 팍팍한 간격이 나를 불안하게 했다 철로를 내달리던 기차의 내력이 죽음에 맞닥뜨리는 순간 바퀴를 묻을 수 있을까 기차는 영혼에 바퀴를 달고 노선이 없는 동구 밖을 돌고 돌아서 내 몸을 수없이 뚫고 지나갔을까 이따금 내 폐를 오가는 들숨 날숨이 칙칙폭폭 했다 반찬 없이 컵라면과 김밥을 집어 먹던 나는 앞날에 치러야 할 죽음조차 나무젓가락처럼 짤막하고 간편해서 버리기 아깝지 않으면 생각하곤 했다 그 무렵엔 생의 목차가 침목 같았고 하루와 하루의 철로는 제대로 놓여 있지 않았다 생은 나무젓가락으로 건질 수 있는 쫄깃한 면발 같은 게 아니었으나 나는 궤도를 벗어날 수 없는 기차였다 그 무렵엔 내 심장이 지난한 질서라 생각하곤 했다

그 무렵 라면 국물로 얼룩진 청바지를 입은 채 유랑을 갈망하는 배낭을 들쳐 메고 나는 플랫폼에 섰다 철로는 유행에서 멀어지는 하모니카 같았다 아무리 입술을 갖다 댄다 해도 한 음계밖에 낼 수 없던 기차는 얌전한 옆집 누나처럼 내 앞에 멈췄다 그 무렵 누나는 곧잘 하모니카를 불

곤 했다 누나는 하모니카 연주를 배운 적이 없는데 마치 악보를 보는 듯했다 나의 살던 고향에서 동구 밖 과수원 길로 혹은 오빠 생각으로 유연하게 입술을 움직였다 누나는 동구 밖으로 떠나간 사람을 생각했을까 그 사람은 지는 노을빛을 머금어 더 붉어진 동백나무 입술처럼 보였다 사랑은 동백꽃 같은 입술이 트고 갈라지도록 바람을 모아 선율을 만드는 거다 누나의 눈물처럼 온몸을 뚫고 나와 일생을 불사른 꽃들이 뚝뚝 낙하하는 거다 나는 고향의 비린 내를 품에 안고 기차에서 내리던 동백들을 보았다

그 무렵 아그라 칸트 역(驛)에서 과일 파는 소년을 만났다 과일을 내미는 대신 소년은 내게 행선지를 물었다 저편에서 환풍기는 먼지에 절여진 채 돌고 돌았다 사람들은 싱거운 얼굴로 나를 쳐다봤다 내가 제자리를 맴도는 환풍기를 보던 표정도 그랬을까 소년의 눈빛은 언젠가 내 몸을 뚫고 지나간 기차처럼 아득하여 나는 그만 대합실을 빠져나가는 사람들의 뒷모습에 내 눈빛을 숨겼다 나는 일찍 어른이 되고 싶었던가 아니면 그 반대였던가 나를 태운 기차가 시발점에서 목적지로 가는 동안 내가 가 본 적 없던 도

시가 차창 너머로 불시착하였다 느닷없이 뛰쳐나간 나는
도시의 불빛 속으로 유랑을 하였다 그 무렵을 맴돌던 환풍
기는 멈췄을까 그 무렵의 모퉁이를 돌아온 기차는 어디쯤
닿았을까 모든 것이 돌고 돌아 아무 데도 도착 못 한

집고양이 2

고양이가 이웃집 담벼락에 묶여 있던 노끈을 뒷다리에
감고 죽었다 꼬인 끈을 풀지 못하자 밤사이 고양이는 거죽
만 남겨 놓고 저 스스로 혼을 빼내 버린 것이다 나는 고양
이 거죽을 산속에 묻어 주었다 비명횡사한 고양이의 장례
를 치르고 나는 거죽을 흐느적거리며 산에서 내려왔다

낮게 웅크린 이웃집에서 울음이 들렸다 이웃집 부러진
늑골 부위에서 삭은 짚더미에 섞인 분뇨가 그렁거렸다
수백 년은 더 견딜 미라 같은 감잎들 속에 늙은 바람이 엎
드려 허연 입김을 내뱉었다 바람은 사는 동안 혼을 빼내지
않고 있었다

언제부턴가 혼을 빼내 버리고 매일 웅크려 있던 이웃집
의 방문이 삐거덕거리며 나를 훔쳐봤다 방문이 열리자 거
죽에 울음을 채워 넣었던 아기 귀신이 고양이를 데리고 내
거죽으로 기어 들어오려 했다 내 혼의 소재를 물으며 아기
고양이는 제 거죽을 쭈욱 올렸다 내 거죽은 살아 있어서
소름이 퍼져 나갔다 거죽만 남은 이웃집처럼 무너질 듯 무
너지지 않아, 밤의 정령아

옛사랑처럼

고장 난 마음을 고치려고
산속으로 들어갔다
한밤에 밖으로 나갔더니
어두워야만 보이던 반딧불이가
갑자기 달려든 옛사랑처럼 나타났다

나는 눈이 밝지 않아 허방을 짚고서야
네가 보였는데
꽁무니에서 빛을 뽑아내며
너는 산속에 발자국을 새겨 놓았다
너는 별똥별이 스쳐 간 자리에서 날아와
나뭇잎이 고장 난 듯 떨어질 무렵
뻑뻑한 내 마음으로 들어왔다
어두워야만 보이던
내 마음에 찍힌 너의 발자국

너는 지상에서 가장 가까이 뜬 별이었으므로
한 치 감출 게 없는 마음을 지녔다
내 마음이 내보낸 너는

옛사랑처럼 다가가면 사라졌고
멀어지면 나타났다

내 마음의 뿌리

오후에 듣는 풍경 소리, 누가 매달아 놓고 간 마음인가

그 소리는 돌담 아래서 자란 화살나무 가지에 내려 앉아 빗살 무늬 잎을 펼쳐 놓고, 그 잎은 돌담 너머 산을 가리키는데

저기 저 구름은 젖이 커다란 계집, 진종일 우는 산새와 나무를 꽉 껴안는 계집, 마른 바위에게도 젖 물리는 저기 저 계집이 입술들에게서 한쪽 젖을 빼내면 젖은 새소리, 나뭇잎과 돌멩이가 칭얼거리는데

저기서부터 여기까지 젖내가 기어 와 돌담을 넘더니 마당에 퍼질러 앉는데

그 계집이 유두를 오롯이 세우니 젖내를 갉아 먹는 비 내리고, 비릿한 빗줄기를 가만히 서서 맞는 화살나무, 나무의 빗살에 뚝뚝 끊어지는 비의 줄기, 토막 난 줄기는 구름 씨알인 듯 돌담 아래로 굴러 떨어지는데

오후가 다 지나도록 마루에 앉아 나는 젖먹이처럼 맥없이 입술을 내밀고 옹알거리는데

허공에 매달린 마음, 그 공명이 내 마음의 뿌리를 여기저기로 뻗어나게 하네

단단해지는 법

물고기의 뼈는 가시라는 것
구운 생선을 발라 먹는데
가시 하나가 목에 걸려 꺼끌꺼끌할 때
문득 알게 된 것
그리운 것들도 가시라는 것
자꾸 마음에 걸려 나오지 않는 것
빼내려 하면 할수록 더 아픈 것
마음의 뼈는 그리운 것
물고기처럼 마음도 뼈를 가지고
너에게 헤엄쳐 갔다 올 때
네가 내 마음에 걸린다는 것
목구멍에 걸린 가시를 배 속으로 꾸역꾸역 삼켰을 때
잊어야 한다는 것
그리운 것들이 마음을 아프게 할 때
흐르는 눈물의 뼈도 가시라는 것
가시는 밖으로 드러내지 않는 것
뼈를 감싸는 모든 살들은 물렁하다는 것
내 마음이 아무렇지 않다고 삼키려 할 때

단단해지는 법을 배워야 한다는 것
마음의 뼈는 물렁하다는 것

우산들

우산이 우산을 따라
겨울바람에 나풀나풀
엎치락뒤치락
수억만 개가 하염없이 내려오네
우산 없이 하교하던 길가에
살얼음을 깔아 놓은 강가에
집집마다 가장자리에
펴 놓은 우산들
우산들이 쌓여
지구의 우산으로
우주의 우산으로

내 마음의 우산들
활짝 펴서 날려 보내네
우산이 우산을 따라
사뿐히 내려올 것만 같더니
책상 아래 꼬이고 엉킨 전선에
쌓여도 뜯지 않을 독촉장에
얼마 전 고장 난 보일러에

고쳐지지 않는 시에
펴지지 않는 우산들
내 마음에서 아프게 펴질 것 같은
뾰족 삐죽한 우산들
우산들이 쌓여
내 마음으로

어쩌다가 나는 모기

철새처럼 더위가 몰려와
모기장 밖에 모기 모기장 안에 나도 모기
모기는 내 피를 빨고
나는 아주 작아진 나를 봐
나도 모르게 나를 쳐
부풀고 가려운 내 살은 모기의 무덤
무심히 손바닥으로 문지르면
살 밖으로 나온 피가 필사적으로 말라
나는 뻣뻣하게 말라 가는 죽음을 펼치는데
모기가 윙윙거리는데
어쩌다가 나는 모기로 태어나
사라진다는 불안,
부우울아아안을 잊게 하는 관성으로
더위 탓만 하는 나

모기장 안팎을 허물며
모기는 성스러운 피를 필사적으로 소유하는데
소비하지 않는 성스러운 소유는 없어
나는 소비할수록 커지는 나를 봐

내가 키우는 부우울아아안을 잊으며
나도 모르게 나는 먹고살아
모기의 무덤에서 피가 부패하는데
다시 윙윙거리는 소리가 나
온갖 모기들 중에서 나는 모기
철새처럼 더위가 몰려간 후에도
어쩌다가 나는 모기
나는 전혀, 성스럽지 않은 나

집고양이 1

마루 밑에 고양이가 숨어 있다
고등어 구운 저녁,
집 밖에서 굶주린 고양이는
생선 구이를 밥상에 올려놓기 전 먼저 맛봤나
문지방을 넘어온 고양이 울음소리가
젓가락으로 고등어 살을 집어 올리더니
내 입속에 넣는다 문득
나는 섬뜩해져서 맨밥을 씹어 삼킨다
나눈다는 게 살과 뼈뿐이어서
살은 내가 발라 먹고 뼈는 고양이 몫이다
집 안에서 고양이에게 먹이를 주는 게 아니라 하여
대문 밖에 뼈를 내다 가지런히 놓는다
겨울밤, 따뜻한 방구들에 허리를 지지며
처녀 귀신이라도 만나고 싶던 나는
뼈를 씹어서 좀 더 날카롭게 우는 고양이와
그 배 속에 가시처럼 불거진
새끼들을 생각한다

2부

심장

나만 아는 봉분이 있지
그곳에서는 바람이 뜨끈하게 데워지고
썩어 가는 것들은 심장을 뜨겁게 태우고
수상한 구름은 그곳을 지나가다 말고
지느러미 없는 수억만 빗방울들을 풀어 놓았어
빗방울들이 자맥질해 왔고
심장은 더 빠르게 부패해
냄새를 내는 것이 식물성을 외면한 육식성이었으니
아버지와의 종교 분쟁으로 내 귀를 찢고 깨진 사기
조각난 분노들을 매립했는데
신앙이 나를 조롱하고 비웃어
사기처럼 신앙은 썩지 않는 심장을 가졌나 봐
화해는 잔재가 다 사라진 후에 가능해
나는 시간마저 썩어 가는 봉분을 봤어

뒷마당에 세워진 자전거는
관절에 기름칠을 해도 달릴 수 없다
바퀴에는 모세혈관이 시커멓게 타 버린 타이어가 있어
주행 시 통통거리던 타이어는 사랑이었어

그렇지 않고서 어떻게 제 몸으로 찢기는 고통을 견뎌 낼
수 있나
아버지가 어린 나를 안았던 때야
아버지는 몸을 둥글게 말고 나를 가슴에 밀착시켰어
바람조차 기어 들어올 틈새가 없도록 감쌌어
심장과 심장이 맞물려 쿵쿵 딱딱 노래를 불렀지
연약한 바퀴살이 지탱하는 세상
바퀴에 감겨 있는 아버지는 타이어였어

아버지의 늙은 소파
송송 뚫린 구멍으로 하품을 하던 피로 덩어리
꿈꾸는 시간마저 야금야금 먹어 치우던 먹보야
늦은 밤마다 소파는 아버지를 소화시키려고
역한 트림을 뱉었고
뼈 마디마디를 뒤흔드는 신음 소리를 냈어
나는 아버지 심장의 상태를 자주 확인하곤 했어
때론 통증도 오래 견디면 신앙이 된다
온몸이 종교인 봉분 한 채 있어

구름이 지나가고
그곳을 헤집던 빗방울들이 지느러미를 달고
냄새나는 심장을 싣고 승천하고 있어
나는 구름을 열고 들어간 빗방울들을 보고
귀에 난 흉터를 만지고
잔재가 다 사라진 그곳을 심장으로 안았어
여전히 자본이 가공한 심장을 태우는 거리에서
구원을 기다리는 노래가 들려

삼천리 인생

삼천리 자전거가 귀퉁이에서
폐물이 될지 몰라 걱정스러운 표정이다
늑골은 엿가락처럼 구부러져 있고
꽃잎 스티커가 벗겨진 곳마다 녹슬어 있다
터진 혈관을 흉측하게 드러낸 타이어에는
오래 달려온 거리만큼
시커멓게 타들어 간 마찰음이 고스란히 남아 있다
천리는 더 갈 듯한 바퀴살이 바퀴를 받치던
팽팽한 장력으로 포구의 귀퉁이를
살살 바다로 밀치고 있다
어스름이 포구 쪽으로 감겨 올 때쯤
밀물이 들어 바퀴살이 물살에 빨려든다
구부러진 늑골을 펴는 듯한 물살이
매끄러운 안장에 홀짝 올라탄다
아무것도 걱정할 게 없지?
마침 수평선에서 잠수하던 달빛이
포구의 귀퉁이로 펼쳐 놓는 물결은 기차다
물결 따라 자전거 손잡이는 보이다 사라지곤 한다
자전거를 어디로 몰고 가려 했을까

잘 모르겠지만 오늘은 끝까지 달리자

항상 충실히 달리다 막장에 온 삼천리 인생

귀퉁이를 버리고 신나게 달려 보자

앞을 가로막은 방파제에 부딪히며

지상으로 페달을 밟는 수억만 개의 물방울처럼

녹슬고 굽어 있던 나의 영혼이 힘껏 페달을 굴린다

꼿꼿이 윗몸을 세우고 양팔을 벌리자

포구가 바다로 굴러가기 시작한다

정말 아무것도 걱정할 게 없다

대꽃 피는 시절

방죽 끝자락에 앉아 부레를 부풀리며 유영하는 한 마리
물고기를 본다 나는 지렁이를 코뚜레처럼 구부러진 바늘
끝에 끼운다

낚싯줄이 묶인 대나무로 수면을 세차게 때린다

산판에서 앙칼진 나무 손톱에 긁힌 어깨가 아린다 내
상처 자국보다 빠르게 낚싯줄이 남긴 흔적을 지우는 물살
의 살갗

나의 재간으론 당해 낼 수 없는 속도가 낚싯바늘에 나
를 끼운다 이를테면 입질만 하곤 나를 본체만체하는 물고
기의 밥이 되고 만다

일과에 맞춰 지렁이를 새로 끼우고 차가워진 도시락을
먹는다

이른 아침, 아내 몰래 낚시 도구 챙기며 본 녹슨 연장들
이 밥알과 함께 씹힌다

정년에 대궁 이룬 대꽃이 대나무를 베면서 흩날리기 시
작했고 나는 아무렇지 않게 집에서 나왔다
  입질을 여러 차례 시도하지만 밥알이 목구멍에 들어가
려 하지 않아 물고기에게 톡톡 뱉어 준다

  마음을 낚아채던 수면에 대꽃이 피어 있다

집고양이 3

　고장 난 라디오가 마당에 자리를 잡고 누워 있다 다 빼낸 안테나는 약한 전파를 잡느라 곡선이 되더니 원을 그렸다 바람이 구멍 뚫린 스피커로 들어가 내부를 헤집으면 지지직거리는 소리가 나기도 했다 그 소리가 원을 맴돌다 사라질 때마다 기차는 지나갔다 이따금 물고기와 전갈, 사자와 물병자리가 라디오와 수신 감도를 확인했다

　고양이가 스피커를 들여다보고 앞발을 집어넣었다 마당을 벗어나 본 적이 없는 라디오는 고양이 울음소리가 바깥 세계 말이라 여겼을 것이다 고양이의 옛 주인도 임종을 지키는 가족 사이에서 그랬다 입을 둥글게 모으고 굳어진 혀로 우우거릴 뿐이었다 옛 주인이 영영 누울 자리로 떠나고 고양이만 집에 남았을 때도 기차는 지나갔다

　마당 귀퉁이에 바깥 세계를 수신할 수 없는 고물 라디오와 별자리처럼 가지런히 누워 있는 고양이 뼈가 있다

얼음 물고기

숨이 차서 퍼덕이던 물고기를 냉동한다
멍한 눈동자를 얼려서
칼날처럼 빛나게 만들어야 한다
눈빛만 잃어버리지 않는다면 살아 있는 것이다
뽀끔뽀끔, 이것은 생이 가진 잔혹한 의지다
심전도에 파도가 친다
물고기가 퍼덕일 때
하늘로 치솟던 물결이 잠잠해진다
짧아진 숨이 삶의 균형을 깨는 순간
물결은 사라지고 만다
깡마른 나무토막처럼 쩍쩍 벌어지면
보이는 숨구멍들
네 구멍 속에서 빠져나온 속도를 냉동한다
해부해 보면 속이 시커멓게 탔을 얼음 물고기

달 목공소 1

── 어느 늙은 목수 이야기

노인은 달을 두드린다 곧 고집스러운 슬픔의 무늬가 드
러난다 두드린 횟수가 촘촘할수록 거칠어진 숨이 느려진다
하루가 지나면 달에 들 수 있다

노인은 달에 피어난 고름을 모조리 파낸다 짓무른 곳곳
에서 절망의 검불이 가벼이 떨어진다 노인은 이마 주름을
만진다 줄지어 드러누운 길이 어둠 속으로 꼬리를 뻗는다

달의 살점에서 떨어진 별들이 바람을 견디고 길은 더 깊
숙이 생의 안쪽으로 파고든다

노인은 불안하게 흔들린다 바람이 달빛에 스민다

달은 무늬가 완고한 이마에 손을 얹더니 노인의 숨결을
더듬는다 두드리는 횟수가 잦아들자 달은 조금씩 작아져
노인의 손에 잡힌다

달 목공소 2
―어느 젊은 목수 이야기

조문을 하고 돌아 나온 마당귀에 상여가 놓여 있었다
둘레에 봉오리가 터진 종이꽃이 생화처럼 피어 있었다
꽃잎을 흔들던 바람이 처마 끝을 휘감더니
그의 얇은 손목을 잡았다
바람이 물굽이처럼 가늘게 휘어진 문양
그의 살결에 남기고 간 뒤 달은 술잔에 가득 떴다
나는 그러쥔 달덩이를 입안에 털어 넣었다
― 사는 게 왜 이러냐 목수밖에 할 짓이 없더라
눈물을 수차례 깎아 낸 그의 눈두덩은 부어올랐다
나무토막을 끼워 넣던 예리한 눈초리가 각도를 잃고
나와 서까래 사이에서 희미하게 떨렸다
― 아버지는 살 만큼 산 거여
또 모르지 관 속에서 아귀가 맞지 않는다고 오지게 욕
을 퍼부을지
그의 숨구멍은 막힘없어서 연달아 소주를 들이켰다
소원해지면 망치처럼 움켜쥔 술병 주둥이로 내 잔을 두
드렸다
그에 비해 내 숨은 탁탁 막혀 어지러웠다
띄엄띄엄 날이 빠진 톱날처럼 그는 말을 잇고 있었다

— 이래 봬도 난 예술가여 저기 저 꽃상여를 봐
유년에 끝을 잡았던 그의 왼쪽 손가락은 네 개
달처럼 자라나지 않는 손가락에 달빛이 채워졌다
빈틈없이 쌓여 간 빈병 사이에 그는 모로 눕고
산 아래로 달마저 드러눕고 있었다
꽃잎마다 이슬이 맺혀 있었고
이슬 속에 달빛이 달빛 속에 바람이 제 무늬를 새겼다
그는 중얼거리며 무늬 없는 슬픔을 다듬고 있었다

자목련이 활짝

빌딩 사이로 돌아눕는 노을이 동네 아이들의 가무잡잡한 얼굴을 닮아 가면 밥을 안친 엄마들은 아이들과 어둠을 집 안으로 끌어당긴다 귀가가 늦은 사내의 아이들이 다세대 주택 사이 계단에 앉아 졸고 있다

사내는 일당과 맞바꾼 돼지고기 두 근을 얇은 불볕에 굽는다 한 점, 한 점, 사내의 아이들이 활짝 입을 벌리고 지저귄다 사내는 상추쌈을 싸서 아이들의 입속에 넣어 준다 사내의 혀끝엔 봄 내를 덜 씻은 쑥갓처럼 쓴 약 냄새가 퍼져 나간다

방문으로 기웃거리다가 입맛이 돋우어진 자목련, 꽃필 시기를 미루던 꽃망울에 구수한 냄새가 어린다 혹여나 집주인이 잠을 털고 나와 홍자색 꽃망울을 바라볼까 봐 사내는 조, 조바심을 낸다

달빛이 소곤소곤 잠든 시각, 사내와 아이들이 오붓하게 배꼽을 내밀자 자목련이 활짝 얼굴을 편다

허물이 가라사대

한 봉분에 내가 있다 네가 입었다 버린 헐렁해진 나는 한 시절을 보낸 바삭바삭한 살갗 나를 벗어 두고 다시 물 렁물렁한 오장육부를 가진 너는 지금 네가 뚫어 둔 구멍으로 살갗을 벗고 있는 누군가를 관찰하고 있으려나?

나는 한 시대가 지나도록 쭈글쭈글해지는 살갗을 벗지 못한다 나도 살갗을 벗으면 안 되나? 수천만 번의 밤이 지나고 다시 아침이 오고 계절이 매번 살갗을 바꾸는 세상인데 나는 죽어서야 새까맣게 감전된 살갗을 벗게 된다

때때로 나는 나무에 붙어 있다 눈물 없는 슬픔이 내 혼을 빼낸 듯하다 울 수 있는 날이 많지 않아서 조금 더 나 없이 가벼워지려고 너는 살갗을 벗었나?

헐렁한 나는 울음을 이 시대에 내지르지 않고 내 살갗 속에 슬픔을 채울 뿐 나는 나를 빼낼 수 없다 나는 가만히 살갗을 만져 보는데 더러워지면 씻고 상처가 나면 아물면서 기어이 살려고 하는 아주 작은 목숨이 살갗 속에 있다

너는 거기 없지만 내 마음에 네가 남아 있다 나는 거추
장스런 봉분을 입고 이렇게 꼼짝달싹 못 하지 않나? 내 살
갖을 벗길 수 없어서 나는 나가지 못하고 나를 봉분이라
부른다 나도 거기에 없다

불타는 저녁

나무는 죽어서도 푸르다

다닥다닥 붙은 찌꺼기를 닦아 내고
불볕이 달군 석쇠에 삼겹살 올린다
나는 바람을 모아
한 번은 죽어야 되살아날 깡마른 장작더미 앞에서
짤막한 차례를 지낸다
나뭇결 따라 불길이 이죽이면
이글이글 살점 속으로 타오르는 봉분

나무 주검을 기어 다닌 불
삼대를 나는 젓가락으로 댔다,
뗐다 한다 느닷없이 오게 한 성묘
한 겹의 불이 몸을 꼬며
어험, 아범 먹어라
한 겹의 불이 몸을 눕히며
아, 아부지 많이 잡수셔요
한 겹의 불이 몸을 뒤집으며
고기 다 타는데요

태양이 어둠에 먹혀 불씨만 남은 저녁
세 겹의 업이
한데 뭉쳐 타 버린다

석쇠에 눌러 붙은 찌꺼기를
두 번 죽어 더 푸르른 숯 안에 묻는다

마늘

지난해 거둬 대여섯 개씩 묶은 통마늘
어머니는 치마폭 쟁반에 모은다
새참 대신한 辛라면 박스 깔고 앉아
한나절 칼날 세워 잔뿌리 다듬는다

장대비 미어 오는 소리 가만히 들었을까
어머니 귓가와 눈 밑을 소맷자락으로 훔친다
만삭인 나는 아랫배 쓸어 본다
아기는 얼마나 여물었을까
어머닌 내가 태아였을 때도 씨 뿌려 두고
탯줄이 잘 이어졌는지, 더듬이가 돋은 마음
자라는 것에 먼저 닿게 했으리라

산통 끝에 탯줄을 자르던 칼날로
군더더기 잘라 내고 속살을 감싼 껍질 벗긴다
마늘, 배꼽에 상처 자국을 본다
올핸 고추처럼 매운 놈 낳아야제
어머니는 쟁반 들고 툇마루로 나간다
나는 가만 앉아 산통이 돋은 저녁을 베어 낸다

마늘 향에 눈시울이 아린다
이따금씩 슬픔 없이 눈물이 난다지 아마

맑은 처마 밑 망태기 채 걸어 둔 마늘 씨알이 굵다

옛 지붕에 세워 둔 사닥다리

그간 안녕하셨죠?

눈이 내리는지도 모르고 늦은 밤 차양 아래 모여서 화
투짝을 돌렸다 세상을 어루만질 줄 알아야 한다는 말씀을
자주 하시던 할아버지, 안녕하셨죠? 세상 만물이 그려진
화투짝을 만지작거리는 것 역시 세상을 어루만지는 것인지
여쭙고 싶어도 할아버지는 사닥다리만 남겨 놓았다

누수에 젖던 그날 장판으로 밀려든 건 거짓말처럼 지붕
의 아랫배였다 (세상 모든 지붕들이 그렇겠지마는 지붕은
팔을 펴고 엎드린 자세로 하늘을 받치고 있잖아요) 지붕에
서 충치처럼 뽑혀 나간 허술한 추억들이 한데 모여 있었다
살다 보면 휴식할 때를 알아야 한다는 말씀, 할아버지는
부서진 기왓장에 실어서 던지셨다 종일 나는 사닥다리를
짚고 지붕으로 반들반들한 기왓장을 올렸다 기왓장들의
귀퉁이가 촘촘히 맞춰졌다 할아버지는 세상의 끝 부위를
한 치씩 떼어 지붕에 깁느라 이마를 넓혔다 좁혔다 했다
(할아버지, 지붕이 넓어질수록 세상은 좁아지잖아요) 지붕
은 내 치열보다 더 가지런해졌고 그해 어김없이 첫눈이 내

렸다 세상 모든 지붕들을 어루만졌던 눈발은 쉬지 않고 내리더니 폭설로 바뀌었다 사닥다리를 세워 둔 지붕은 흰 이를 드러내더니 아랫배에서 잠자던 할아버지를 뱉어 냈다

　이른 아침 방바닥에서 뒹구는 화투를 모았다 세상 만물이 그려진 화투짝에는 눈 내린 데가 없었다 나는 사닥다리를 짚고 눈 쌓인 지붕으로 올라갔다 옛 지붕에 던졌던 일곱 살 무렵의 충치와 한 움큼씩 그러모을 오래된 말씀들과 삼일장과 균열 생긴 기왓장들이 늙어 가는 나와 마주했다 그간 안녕하셨죠?

발가락과 나뭇잎

선술집에서 그는 말과 말 사이에 공장을 짓는다 다급하게 쌓던 빈 소주병을 움켜잡더니 그는 병 주둥이에 중얼중얼 입바람을 분다 금방 굴뚝에서 나온 연기처럼 흐느끼는 말들이 술자리에 자욱해진다 그는 말끝에 "이눔의 연기 땜시 참말로 매워라"와 "굴뚝은 왜 원이고 공장은 왜 사각인 줄 아냐"라는 말을 붙인다 눈시울을 붉히던 그가 이르기를 공장은 지폐와 닮아서고 굴뚝은 톱니바퀴를 닮아서란다 그의 말이 엉터리여서 더는 말과 말 사이에 공장을 지을 수 없게 되자 술집엔 추억이 된 말들만 그득해진다 그는 입을 다물고 구두에서 발을 빼내더니 긴 의자에 드러눕는다 그가 뒤척일 때마다 바스락바스락 말소리가 나고 그의 발가락이 양말을 뚫고 나와 꼼지락꼼지락 말장난을 한다 말 모서리에 누운 나뭇잎 한 장이 뒹굴고 있는데 어느 굴뚝에선가 맥없이 풀어져 나온 가을이 그를 지우고 있다

타화자재천(他化自在天)

젓가락으로 술상을 치며

박자를 넣는 아버지의 뽕짝 몇 곡

육십칠 마디 말을 뱉어 낸 듯 쉰 목소리

내리 살아 버린 세상이 내게로 건너와

내가 젓가락처럼 가늘다는 생각

목청으로 내는 가락이 구구절절할 때마다

내가, 내가 아는 내가 아니라는 생각

오늘 밤은 타화자재천 술상을 치며

뽕짝 뽕짝 뽕짜자작짝 아버지 세상으로 간 날

3부

오페라 미용실

능선으로 몰려든 검은 구름이

귀밑머리처럼 삐죽삐죽 나온 지붕에 한 발을 걸친다

그 사이, 좁다란 골목길이 계단을 오르며 헉헉 숨 내쉬
는 곳에

할아범 측백나무와 오페라 미용실이 마주 서 있다

그는 매일 미용실 바깥의 오페라를 감상한다

미용실 눈썹 처마에 모아 둔 나뭇잎 음표들이 옹알거릴 때

가위를 갈다가 번뜩이는 악보의 밑동,

백지에 오선을 긋던 어머니는 병세를 자르지 못해

머리에 자란 음표를 모두 빼내 옮겨 적었고

연주가 서툰 아버지는 가파른 골목길로 내려가 돌아오
지 않았다

그해 오페라를 관람하려고 모여든 사람들은

측백나무에서 음표를 떼어 내던 앙상한 어머니를 목격
하였다

어머니를 마구 흔들고 지나간 바람이 옥타브를 높이며

구름 떼를 몰고 오기도 했다

미용실 문이 열리자 그는 내내 벌려 예리해진 가윗날을
접는다

머리숱이 적은 손님의 머리카락이 잘려 나갈 때마다
음치인 울음이 미용실에서 뛰쳐나간다
동네 아이들이 집으로 가는 길에선
울음이 두근거리는 아리아로 변주해 울려 퍼지고
측백나무에서 마지막 남은 음표가 눈썹 처마에 떨어질 때
낮은 지붕 위로 함박눈이 음계 없이 쏟아진다
나뭇가지 오선지 끝에 하얀 음표가 대롱대롱 매달리고
악보에 없는 동네 사람들이 돌림노래처럼 몰려나와
희희낙락 오페라를 구경한다

어슬렁거리는 고양이

초승달 각막에 달고 천연덕스레 꼬리를 흔드는 고양이
심장에서 나온 야릇한, 허기진 소리가 내 영혼을 긁어 댄
다 지난 꿈에 죽은 자들이 다녀간 후 몸 웅크렸던 나는 골
목을 어슬렁거린다

사랑한 만큼 발톱을 세우고 폐와 내장을 파먹는 고양이
검붉은 피가 고인 살덩이를 마저 먹고 입술을 바닥에 스윽
닦으며 여전히 골목을 어슬렁거리고 두리번거린다 내 안에
선 노상 뜨거웠던 사랑이 우르릉거린다

각막에 달이 차오르면 나를 가느다란 혀로 핥아 먹고
송곳니로 갉아 먹는다 뼈만 골목마다 덩그렇게 남겨 놓는
내 지옥을 어슬렁거리는 고양이

골목들

오래된 달력의 빈 칸칸처럼 낡아 빠진 창문, 유리창에 낀 먼지의 내력은 누가 기록했는가. 쪽방 두어 평에서 살아가는 짐승, 누렇게 부은 눈알들이 가파른 모퉁이로 굴러가는데 여전히 반달은 뜨나 절반은 어둠에 저당 잡힌 달, 검푸른 혀를 날름대던 어둠이 달의 구멍에서 기어 나온다. 어둠이 시절 지난 나뭇잎 후두둑 떨어지는 자리를 스치며 바지춤 흐물흐물 올리던 낯선 사내의 지린내를 휘어 감는다. 당신이 또렷하게 남긴 자국을 지우려 해도 지워지지 않아요.

붉은 벽 아래 앉아 있는, 마치 그 자리에서 인화된 듯한, 일조량이 내내 비껴간 작고 쪼글쪼글한 노파. 바람이 불어와요. 할머니, 사랑 노래를 부를까요. 눈알이 빠진 배고픈 짐승이 울어요. 그녀의 늘어진 살갗이 어둠에 홀려 모퉁이로 흘러가는데 그녀의 연애는 누가 기록했는가. 생의 골목에서 시력을 내놓고 청력을 내놓고, 길 잃고 길 찾아 길 잃고 길 찾아, 당신이 오지 않는 밤이어요.

절망과 희망이 서로 등을 기대고 있다면 절망하지 않는

희망은, 희망하지 않는 절망은 세상에 없을 것이다. 어둠이 스칠 때마다 바람이 불어와요. 아무도 넘지 못하는 경계란 없다. 어둠에 물린 짐승은 먼지처럼 유리창에 기대어 잠들고 절망과 희망이 가담하지 않는 꿈을 꾼다. 당신을 미치도록 사랑했던 짐승은 누가 기록했는가. 오래 엎드려 당신을 기록하느라 힘이 빠질 뿐이어요. 아세요?

해바라기
—— 그녀의 둥근 방

둥근 방엔 술렁임이 가득하다
그녀는 어금니를 악문다 뿌리에서
헐거운 유년이 자맥질하며 올라와
아이가 혼자 놀기 좋은 골목에 닿는다
이윽고 노란 꽃술이 뜨겁다
봄눈 속에서 눈꽃이 뿌리를 내렸던가
진통은 냉기처럼 뿌리로 옮겨 오는데
견딤이란 활시위를 당겨 오래 겨냥하는 것
그리하여 힘줄 시기를 놓쳐서는 안 된다
전봇대와 고무줄놀이를 하던 아이가 떠난 골목
그녀는 팽팽하게 햇살을 당기며
급한 호흡을 가다듬는다
기억을 시위에 맞춰 끼우자 두드러기가
그녀의 진통을 북돋는다
춘분이 지나고 태기가 오더니
매일 한 치씩 부피를 키운 활시위
유년에서부터 노후까지 겨냥한다
골목 어귀에 기억의 양수가 흥건하게 터지자

그녀의 어금니가 저려 온다

둥근 방엔 옹골진 태아가 수런거린다

레슬러 부부의 왈츠

레슬링 자유형 결승전을 시청하던 사내 리모컨 쥔 손가락을 꼼지락거린다 사내는 리모컨과 왈츠를 춘다 무도회를 진행하기에 앞서 오늘의 왈츠 전문가가 상체와 하체를 잘 잡고 경쾌하게 춤춰야만 하는 왈츠의 엄격한 규칙을 일러준다 빠른 리듬에 맞춰 춤추다가 상대방을 먼저 쓰러뜨리면 승리하고 오늘의 무도회에서 왈츠 킹이나 왈츠 퀸이 되는데 바람난 위층 여자의 돌연한 항의가 거칠어지자 왈츠를 잠시 중단하고 위층 남자는 가쁜 숨을 고른다 무도회는 다세대 연립주택에 무더위가 엄습할 즈음에 열렸다 냉장고에서 찬물을 꺼내는 사내 위층에 대고 리모컨을 꾹꾹 누른다 사내는 볼륨을 올리더니 채널을 바꾼다 다른 채널에서도 같은 무도회가 방영된다 이번에는 여자가 온 힘을 다해 바닥에 착, 붙어 있고 남자는 잘록한 여자의 허리를 잡고 끙끙대며 여러 번 뒤집기를 시도한다 여자는 억척스레 버텨야 하는데 몇 초가 지나면 여자에게도 뒤집기를 할 기회가 온다 이게 왈츠의 규칙, 사내는 손가락을 꼼지락거린다 무도회를 연달아 재방송하는 텔레비전을 꺼도 결국 무승부로 마치게 될 아주 뻔한 왈츠의 결말 몹시 지루하고 무더운 한밤중 런닝구와 삼각팬티 차림의 사내는 손가락을

꼼지락거리며 리모컨과 왈츠를 춘다 규칙 없는 자유형 무
도회 찾아 채널을 바꾼다

흰코뿔소

우리 가장자리에서 햇살을 덮고 잔다
햇살 조각이 살갗의 더께가 된다
더께를 뚫고 나온 뿔이 꼿꼿하다
다리를 안으로 말아 넣고 마치 너럭바위처럼
아주 오래전부터 여기 누워

어느 강가 숲에서부터
코끼리 같은 기중기로 부두에 내려질 때까지
우렁차게 내뿜던 콧김이 더는 없는지
창살에 들어찬 타국의 낯선 공기마저
살갗에 엉겨 붙는 강철이라 여겼는지
바람이 부스러기를 떨어뜨리고 지나가면
덕지덕지 걸친 누더기를 끌어안고
뒤척거림 없이 여기 누워

짱짱한 햇살이 그의 뿔 끝을 밀고 있어도
겹겹이 세운 울타리를 향해 돌진한다면
그의 가족은 뿔이 코에 장식된 게 아니야
풍화작용으로 뿔이 퇴화된 게 아니야

집으로 돌아올 때까지 기다린다고 할까
전혀 움직일 채비도 없던 국적 불명의 그가
살갗의 더께를 털어 내며 뿔을 꼿꼿하게 세운다

파리

민무늬 검정 스카프를 휘감은 늙은 여자 미치도록 사랑
해 본 여자 줄무늬 팬티를 즐겨 입는 여자 꼼짝달싹도 하
지 않고 소파에 앉아서 골목 구석구석을 살피는 여자 후미
진 골목 바람벽에 기대어 헛웃음 파는 여자 펑퍼짐한 엉덩
이 드는 여자 능청스레 일어선 여자 엉덩이에 눌려 있던 소
파의 잃어버린 부력처럼 생이 통째로 움푹 들어간 여자 글
씨가 지워진 벽보에 이름을 쓴 여자 이력이 여자라는 여자
여인숙 입간판 사이의 여자 비릿한 눈빛이 거웃처럼 검은
여자 어둠을 삼키는 여자 사방에 빈틈없이 붙어사는 여자
골목을 지워도 골목에서 지워지지 않는 여자

혀

불에 데인 배꼽 위쪽 살갗
천덕스럽게 남은 상처를 만지면
아주 오래된 당신이 내게 옮겨 온다

내가 당신을 아무리 부른다 해도
방금 꺼진 엔진처럼 뜨거웠던 당신

야무나 강을 가르는 낡은 철교 밑
소녀의 그을린 몸이 눈부시다
강이 혀를 내미는 찰나

공중에서 맴도는 대머리 독수리 발톱 세우고
소녀와 나를 쫓는다 철교를 건너기 전
강은 소녀를 당신은 나를 입안에 넣는다

검은 소가 강가에 누워 수면을 핥더니
나와 눈이 마주친다
녹슨 철교는 서둘러 나를 뱉는다

가끔 나는 붉은 혀를 만난다

국적 불명인 의자

인도 서벵골 주 다르질링의 티베트 난민촌
구부러진 길모퉁이 집 담벼락에서 꾸벅 졸고 있는 의자

담쟁이가 의자에 앉아 뜨개질을 한다
시바가 하나의 손을 넌지시 붓다의 어깨에 얹고
손가락을 움직인다
붓다의 손가락은 담쟁이 잎을 지그시 누른다

히말라야의 실뭉당이에서 풀려 나온 담쟁이는
뜨개질에 열중하다가 시바의 팔 길이를 재 보고
붓다 소맷자락의 부피를 짐작해 본다
내가 눈길을 건네자 담쟁이는 나의 바지 기장을 살핀다

난민촌을 한 바퀴 둘러보고 와 보니
담쟁이를 어루만졌던 예수의 손길이 있다
의자는 잠결에 관절에 박힌
녹슨 못을 보풀처럼 빼내더니
뜨개질을 하는 담쟁이를 삼킬 듯 긴 하품을 한다
나는 의자 입속에 고인 말줄임표들을 본다

의자는 담벼락에 기댄 채 눈 감고 말 줄이고
국적 불명인 헐거운 옷을 입는다

몽중인(夢中人)

잠결에 들리는 씨르래기 울음은
비음처럼 서글프다

나는 눈 뜨지 않고
음이 춤추는 모습을 본다
한사코 음계는 시간의 팔목을 붙잡더니
뱅글뱅글 돈다 길이를 잴 수 없는
팔 안에서 나는 뒤죽박죽이다
집에서 뛰쳐나오던 내가
어느 골목에 앉아
울었는지 웃었는지 모르겠다
나는 곧 집에 갔던 것 같기도 하고
어둑해지도록 밖에 있었던 것 같기도 하다
입술에 닿을 수 없는 찻잔을 든 내가
너를 빤히 보고
울었는지 웃었는지 모르겠다
너는 바로 집에 갔던 것 같기도 하고
어둑해지도록 나와 함께
골목 어귀에 있었던 것 같기도 하다

잠결에 귓불을 매만지던 음이
더듬더듬 내 속으로 기어 와
배고프다고 한 것 같기도 하고
보고프다고 한 것 같기도 하다

아무것도 모르겠는데
비음처럼 서글프다

아름다운 봉분

옛적 무굴 제국의 황제 샤자한은 아내가 죽자 흉한 손
으로 만든 아름다운 봉분에 사랑을 묻었다 나는 묻지 못
한 게 너무 많다

케케묵은 공기가 차지한 무덤 안에서
오래전 인연을 떠올린다
타지마할, 눈부시게 숨 막히는

그해 인연을 보냈고
그리하여 이마까지 이불을 덮는 순간
곡비 바람이 내 속에 들어와
마구 울음을 토해 내곤 했다
죽지 않고도 갇힐 수 있음을 알게 된 한철

장롱에서 꺼낸 옷 빼곡히 들어찬 배낭으로
창문에 눈을 대고 엿보던 햇빛을 가려 버린다
돌 관으로 가는 통로에서
유랑이 묻어 있는 모래 한 움큼 쥔다
한 여인을 위해 봉분을 만든 그처럼 모래를

꽃문양 바닥에 흩뿌리자 제국의 바람이 불어와
주머니에 도로 모래를 집어넣는다
일순간 나는 먹먹해져서 잠시 손을 주머니에 찔러 넣은
다음
이번에는 봉분이 그려진 엽서에 쓴다
여기쯤 머물고 있다

바람의 귀퉁이조차 건드리지 못한 손끝에 닿을 듯 말 듯
아련한, 아련하게 떠오르는
하, 나마저 여기에 묻을까

내 속에 봉분 하나
타지마할, 눈부시게 숨 막히는

여보라는 말

연애 시절, 나는 은근슬쩍 당신에게 여보라고 불러 봐
했더니
그 말이 어색했던 당신은 여보를 거꾸로 바꿔서
보여? 라고 묻고는 딴청을 피웠다
나는 느닷없는 물음에 당황스럽기만 했는데
그런 내 마음을 알아챈 당신은 나지막하게 사랑해라고
했다

결혼을 앞두고 사소한 이유로 다투던 날
당신은 내가 되어도 내가 아니 되어도 괜찮다고 했는데
나는 먹먹해져서 당신이 아닌 다른 누구도 아니 된다고
당신이어야만 한다고 소리쳤다
당신은 내 마음이 보여? 라고 묻고는 뒤돌아섰다
나는 눈을 감고 사랑해라고 속으로 속으로 되뇌었다

당신은 이 세상 기꺼이 나와 함께 살겠다고 했다
깜깜한 나에게 전부를 보여 준 당신
당신은 겨울 꽃처럼 단아한 신부가 되었고
나는 잘 보이지 않는 어둔 세상에 살지라도

당신이 내민 손을 꼬옥 붙잡고 가겠다고 했다

새신랑이 된 나는 당신에게 보여? 라고 물었더니
당신은 내 어깨에 손을 얹으며 여보라고 말했다
여보라는 말이 어찌나 아늑하던지
사랑해! 라는 말로 들렸다

나는 나이가 들수록
내 마음이 보여? 내 사랑이 보여? 정말 내가 보여? 라고
묻지 않고
단지 여보라고 말할 것 같다
여보라는 말 입속에 가만히 숨겨 둘 수 없어서
부르면 부를수록 보여 줄 수 있는 사랑보다 더 커져만
가는 말

지금이 딱 좋아

수염을 기르던 내가 어때? 물어보면
살갗이 꽃잎처럼 민들한 그녀는
거뭇한 가시가 찌르는데도, 좋아

그럴 수밖에 없는 인연이 있어
지금이 딱 좋아

싫다고 말할 수 없어서가 아니야
어때? 하는 나의 눈빛을 보면 말야
살갗은 잠시 아프면 그만이라지만
눈빛은 시들면 펴지지 않는 줄기 같아
한 번 숨을 들이마셨다가 내쉬면서
맨땅을 탁 뚫어 버린 씨앗 같아

하루가 지나고
다시 하루가 오고
꽃이 피고 지는, 다시 봄
가시를 가진 내가 그녀를 안자
그녀는 오므렸던 입을 벌리고

지금이 딱 좋아
꽃받침처럼 자란 내 눈썹을 만지며
그녀는 곱게 피는 거야

내 안의 그녀가 어때? 물어보면
지금이 딱 좋아

문자 메시지에 대하여

　빛의 속도로 너에게로 달려가는 전파가 지구를 헤맨다
노골적으로 말하자면 너에게로 보낸 문자가 다시 나에게로
돌아오는 속도는 파장이 헤맨 시간과 비례한다 사랑이란
돌에 새긴 최초의 문자보다 사뭇 지우기 쉬운 문자 메시지
우리가 문자로 사랑을 하기엔 너무나 가벼워 0과 1로 전부
표현하기 네가 그리워 그리워 가만, 화성인의 수신기에 접
속을 시도하려는 수백만 헤르츠 전파가 우주의 극점에 닿
지 못하고 블랙홀에서 길을 잃는다 더러는 해저 심해어의
부레에서 오리무중이 된다 양철 지붕을 탁탁 쳐 대는 빗줄
기처럼 한사코 버림받은 나에게로 넘쳐 버린다

4부

봄밤에 아득한 소리는

수런거리던 비가 멈췄다 슬레이트 지붕에 감꽃이 떨어
졌다

부엌 아궁이에서 검부러기 같은 옛이야기가 풀릴 즈음
안채 창호지 문짝이 귀 열고 덜렁거렸다

첫날밤 손가락으로 뚫어 놓은 구멍에서 수백 년 묵도록
감 익어 가는 소리 수줍어하는 門에 꽃문양 새기고 있었다

떫은 생

봄이 왔다 나는 설익은 약속처럼 헤어지기 바빴다
꽃이 떨어진 자리에서 새롭게 태어나는 여린 감들
구부러진 길 끝에 앉아 나는 태양의 부피를 재곤 했다
내 심장에 수혈하는 햇살 바늘
여름부터 검은 바늘 자국이 따끔거렸다
아프지 않을 때만 감들이 보였는데
감들의 낯빛은 점점 태양을 닮아 갔다
새부리에 쪼인 감들은 유독 붉디붉었다
감들은 속곳을 전부 드러낸 채 떨어지거나
가까스로 공중에 매달려 있었다
새들이 빼먹지 못한 감씨가 얼핏 보이곤 했다
몸을 눈부시게 열고도 길에서 떠날 수 없는
반쪽짜리 생, 그 감은 한번 꽃피자 입을 쫙 벌리고
뿌리에 달라붙은 눅눅한 어둠까지 감아올렸다
어둠은 점점 바깥을 달콤하게 부풀리며
심장에 몰려와 단단하게 여물어 갔다
눈이 내리자
쭈글쭈글한 감들이 서둘러 햇볕을 쬐러 나왔다
더는 빨아들일 어둠이 없어서 바깥을 컴컴하게 만들기

시작했는데
　　끝내 어둠에 덮여 어둠 속에 들어간 늙은 감들이
　　떫디떫은 심장을 남겨 놓았다
　　다시 봄이 왔다 나는 어둠을 빨아들이기 위해
　　가지 끝으로 옮겨 앉았다

날아가는 재봉틀

　모퉁이 세탁소에 가면 새의 부리에 마음을 끼우는 노인이 있다. 예전에는 싱싱한 바람을 타고 날다가 우듬지에 내려앉았을 새. 세상에서 가장 예리한 부리를 얻어 마치 부화할 알을 품듯 나무 책상을 끌어안고 있다. 나는 부리에서 실밥을 빼내던 노인에게 상처 난 입술을 건넨다. 노인은 바닥에 쓸려 닳고 찢긴 입술을 자른다. 입술이 뱉어 낸 상처들을 새는 묵묵히 품는다. 나는 함부로 입술을 사용해서 누군가의 마음을 찢거나 울린 적이 있던가. 한 번이라도 나는 입술을 자르고자 한 적이 있던가. 부화가 덜 된 언어들을 품다가 날려 보내고 나는 둥지를 고치는 것에만 열중한다. 내 둥지에서 날아간 언어들은 지금쯤 무덤 속으로 걸어갔을까. 누군가는 나의 언어들 때문에 닳고 찢긴 마음을 재단하고 있을지 모른다. 내 입술이 갑자기 헐겁다. 노인은 새의 부리에 마음을 끼우고 상처가 덧나지 않도록 새로운 입술을 꼼꼼히 박음질한다.

　그 세탁소에 가면 노인의 마음을 태우고 날아가는 새가 있고 망가진 입술들이 모여 있다.

바람난 오토바이

바람이 되려고 줄꾼처럼 바람을 타던 오토바이가 있다
찌그러진 연료통에 비애를 가득 담고 매일매일
아무르 아스팔트 너머로 속절없이 질주를 계속하던 오
토바이
속도의 아가리 속에서 중력을 잃은 바람이 황량하게 불
어온다
오토바이 곁에는 뻘겋게 달아오른 소음기에
화상 입은 바람 몇 점 떨어져 있다
사랑을 잃고 나서야 얼마나 뜨거웠는지 아는 오토바이
그날 삐— 오, 삐— 오 바람 속으로 사라졌다

기형적인 물고기

그물을 끌어올리던 남자의 불긋한 근육 속을 심줄 몇 마리가 헤엄쳤을 때 대대손손 내려온 목선이 기우뚱, 균형을 잃은 남자가 바다에 빠졌다. 그물에 엉킨 남자는 퍼덕거렸다. 해파리는 촉수를 뻗어 남자를 쏘아 댔다. 따끔거리는 기억들이 남자의 입속에서 밀려 나갔다가 밀려들었다.

눈꺼풀을 가까스로 들어 올린 남자, 갑판에서 팔딱팔딱 뛰어오르던 물고기를 쉬이 잡지 못한 기억을 찾았다. 살갗에 물살 무늬를 촘촘히 새긴 물고기. 물고기 눈동자에 채워진 어둠, 이윽고 선상에서 멀미가 났던 물고기는 어둠을 쏟아냈다. 흥건해진 어둠에서 음각된 아버지의 핏빛 눈동자. 눈동자를 남자는 부들거리던 손으로 집었다. 눈동자는 화장한 뼛가루처럼 반짝하며 비늘로 변했다. 남자는 비늘을 바다로 날려 주었다. 비늘은 희미하게 반짝반짝 빛나다 사라졌다. 남자는 아버지가 입가에 묻힌 검붉은 피를 닦던 기억을 찾았다. 붉은 수건을 그러쥔 남자는 수없이 잡은 물고기들이 멸종하지 않는 이유를 아버지에게 물었다. 아들아, 그건 나와 닮은 네가 있기 때문이란다. 일순간 남자는 정지된 채 피로 올을 짠 그물을 찢고 싶었다.

남자의 눈꺼풀이 꽉 닫히고 나서야 해파리는 사라졌다.

남자의 눈동자에 어둠이 채워지고 근육을 유영했던 심줄 몇 마리와 기억들이 뼈처럼 딱딱해졌다. 남자의 입속에서 물고기 살점들이 쏟아져 나왔다. 살점들은 온전히 물고기였던 시절을 되짚으며 남자를 떠났다. 머리와 꼬리 그리고 뼈만 남은, 자꾸 무어라 무어라 중얼거리던 기형적인 물고기를 살점들은 찾았다.

지하철 공사장에서

공사 구간에 도란도란 모인 포장마차
굴착기는 땅을 파헤친다
포장마차의 가랑이를 빠져나온 사내가
황량한 보름달을 본다

공무 수행 중인 살집 좋은 망치가 들어선
사내의 집 안은 비좁다
세간을 흩트려 놓던 망치가 허술한 달을 두드린다
사내는 유곽에 머물다가 도회지로 간다

굴착기는 바삐 공사 중이고
명주실을 뽑아 두 가닥 철로를 놓는다
누에들은 굴착기가 지나간 맨땅에 모여
느닷없이 이사를 준비한다

한편 사내는 둘레에 생 솔가지와
흙을 적절히 섞어 벽에 두른 다음
빗물에 젖지 않을 만큼만 뽕잎 지붕을 덮는다
안에선 알알이 입 다문 유충들이 새로이 실을 토해 낸다

사내의 망치질이 눈부시다

포장마차가 있던 자리에서 공사를 마친 2번 출구
낮술에 취한 바람이 철로 따라 비틀비틀 지나간다
너희들도 공사를 마치고 왔더냐
출구 앞, 굴착기가 이주시킨 나뭇잎들이
햇살에게 붉은 수혈을 받으면서
산란기가 시작된다

충치

안개꽃이 아침 햇빛을 불러들이는 꽃집 앞, 간밤에 게워
냈던 치약처럼 허연 피가 끈적끈적하고 흥건한, 쓰라린 입
속에서 뱉어 내지 못한, 펄펄 뛰거나 넘어지던 심장이 기록
한, 비정한 당신의 거룩한, 오로라가 빌딩 사이사이 유리창
에서 착란한, 5분만 서 있으면 네거리가 천국에 닿도록 십
자형 사다리로 변하는, 거룩하고 거룩한, 길 잃은 양떼 안
개들 흐물흐물 무단 횡단하는, 구역질이 넘실거리던 검은
거리 속에서 곪아 가는, 여린말을 가져서 간밤에 혀가 뽑
힌 영혼, 영혼들의 누렇거나 흰 이빨들, 치통을 앓아 본 적
없는 바퀴들이 갓 태어난 바람의 입을 치고 달아나는, 치
사하고 치졸한, 흔들거리는 영혼을 반듯하고 반들대게 깔
아 놓은 거리들, 당신의 거룩한 나라에서, 당신이 아니어도
안개꽃과 내가 햇빛 아래서, 거룩하고 거룩하게,

오로라가 사그라진 5분 후, 거리 밖으로 모든 생을 멈추
게 하는 붉은색 신호등, 윗니와 아랫니를 부딪치는 듯 또각
또각 턱턱 비장하고 비정하게 다가오는 굽들, 꽃집 앞에 안
개꽃만큼 모였다가 안개처럼 흩어지는, 어쩌다 마주칠 수
있거나 없는, 거리가 좁혀지지 않는 갈래갈래 거리들, 입속
을 맴돌다가 꽉 닫힌 혀, 부어오른 턱을 잡고 안개꽃보다

작아진 눈이 빌딩 사이사이 간판을 더듬거리는, 초조하고
초라한 현기증, 신호등이 깜박깜박 영혼을 바꿀 때마다 당
신의 거룩한 나라에서, 아리고 시린,

등대는 아무도 기다리지 않는다

— 뭍에서 죽은 사람들은 별이 되고 바다에서 죽은 사람들은 갈매기
가 된다

등대는 밤마다 먼 바다로 수신호를 보내고
귀가가 늦어진 어선들을 기다리는 것인가
몇 초 간격을 두고 짠 해수가 불빛에 엉겨 붙는다
등대는 소금기를 떼어 내며 서서히 바다로 나간다
종일 드나드는 뱃고동 소리에 멍해진 귀를 바닷물에 씻
는다
밤마다 바람에 잔뜩 부풀어 오른 포말로 인하여
등대 주위에서 머물던 갈매기 떼와 별빛들이
포근히 잠들 시각
등대는 씻지 못한 한쪽 귀를 마저 씻으며
방파제 입구에서 수반 작업이 덜 끝난 어선을 비춘다
간혹 파도 소리가 지겨운 어부들이 마시다 남긴
빈 소주병에서 붕붕거리는 소리가 파도에 부딪친다
파도 소리는 한참 등대의 귀 끝을 꼬집는다
뭍에서 주검이 되어 흘러온 헛것들과
몇 해가 지나도 입항하지 못한 선명들은
꽉 입 다문 석화마냥 불빛에 엉겨 붙는다
어부들의 노래가 떠난 포구
등대는 먼 바다로 수신호를 보낸다

아까부터 젖은 귀를 수평선 쪽으로 기울이지만
별과 갈매기가 잠든 포구에서
등대는 아무도 기다리지 않는다

어느 날 갑자기

— 1999년 식목일

어느 날 갑자기 서해안 일대에 구제역이 퍼졌다는 9시 뉴스가 방영된 뒤 곳곳에 소독약과 주삿바늘이 나돌아 다녔어 땅에 박혀 꼼짝 않던 뿌리들이 이른 해수욕을 하러 다녔고 어민들은 바다로 약을 구한다며 떠났어 가축들은 경계를 늦추지도 어슬렁거리지도 않았어 매일 뉴스는 건조한 산이 어린아이처럼 불장난을 한다고 꾸짖었고 몸살을 앓던 나는 아이들이 없어졌다는 소문을 들었어 도회지에서 온 사람들은 갑자기 땅을 파헤쳤고 나무를 심었고 뿌리의 무덤을 만들었고 어린아이들과 소문을 땅에 심었어 주삿바늘에 찔리고 소독약에 중독된 땅에서 구운 살코기 냄새가 났어 냄새를 풍기던 땅에서 거품이 올라왔고 거품을 들이마셨다가 내쉬는 이파리들이 바람에 실려 다녔어 서해안에 퍼진 구제역을 나무들은 먹어치우고 바닷바람은 병에 걸려 심장을 잃고 땅바닥에서 나뒹굴었어 길들여지지 않던 뉴스처럼 나무들은 갈수록 앙상해졌어 병든 바람을 심었어 모든 뿌리들을 다시는 뽑아 버릴 수 없도록 심었어 갑자기 나는 떠나간 어민들을 바다에 심었어 뉴스를 심었어 통째로 한 세기를 심었어

동안거(冬安居)

다시 폭설, 나무 갑판을 거머쥐었던 어둠이 눈에 덮였다
갈팡질팡 내리치는 눈보라가 그의 항해를 어지럽혔고
밤새도록 그의 침상은 기압골이었다
그는 거추장스럽다던 비옷을 입었다
고장 난 엔진을 고치러 나와 선상에 서서
그는 눈보라에 가려진 항해를 바라봤다
끝없는 항해의 끝은 희미했는데
뱃전을 두드리던 파도 소리에 먹먹해진 그가 눈을 비볐다

그의 항해를 전부 덮으려 하는 폭설의 나날들
강한 바람이 북상하고 있다던 잡음 섞인 라디오를 껐다
예측불허의 기상이었으나 흘러가는 시간에 그를 맡겼듯이
그는 그의 항해를 흘러가는 항해에 맡겨 왔다
좁은 기관실에 앉아 그는
싸늘하게 식어 버린 엔진을 만지작거리다가
잃어버린 좌표를 꺼내 엔진에 올렸다
그는 그의 항해에서 나와야 할 날을 셈했다

그가 기름 묻은 비옷을 벗자

꼬불꼬불하게 주름진 그의 이마에 눈발이 내려앉았다
오래된 엔진은 칵칵거리더니 시동이 걸렸다
다시 폭설, 시끄러운 엔진 소리를 집어삼키는 눈보라
희미했던 항해의 끝에 서 있는 검고 흐물흐물한 것들
한참 동안 실눈을 뜬 그는 침침했던 눈을 비볐다
눈을 감았다 떴다 눈앞이 잠깐 깜깜해지더니
그가 그동안 입항할 수 없었던 마음의 항구가 선명히
나타났다
그는 조급하게 항해를 끝내려 하지 않았으나
흘러간 시간처럼 속력을 낸 그의 마음이 다급히 입항했다
그는 창백했다

다시 봄, 마음이 출렁거리던 항해들이 출항할 채비를 했다

뒤

　너를 보낸 뒤 나는 바람의 뒤편을 거닐었다 구름이 흐린 나를 따라다녔다

　너를 떠올린 뒤 바람과 구름이 나의 뒤편을 거닐었다 나의 뒤편이 나를 따라다녔다

　만날 걸음을 맞추며 뒤가 뒤를 따라다녔다

삶을 연주하는 감각의 오페라

이경수(문학평론가·중앙대 국문과 교수)

1

노래를 떼어 버리고 눈으로 읽는 시가 되면서 현대 시는 음악성을 잃어버린 것처럼 오해받기도 했다. 하지만 과거와 같은 정형적인 리듬을 버렸을 뿐, 현대 시의 리듬은 지금도 매우 매력적이며 새로운 음악을 생성해 내고 있다. 좋은 시는 여전히 리듬을 탈 줄 안다. 고요한 리듬으로부터 파격적인 리듬까지 다양한 리듬을 현대 시는 품고 있다. 물론 그 리듬을 느낄 줄 아는 예민한 감각의 독자와 만나야 하겠지만, 좋은 시는 죽어 있는 독자의 감각을 자극해 일깨우기도 한다.

우리의 눈과 귀를 동시에 호사스럽게 해 주는 오페라는 일상에 지쳐 있는 감각을 일깨워 예민하게 자극한다. 장중

한 음악과 배우들의 노래가 귀를 열어 주고 화려한 무대와 춤, 배우들의 연기가 시선을 잡아끈다. 청각과 시각의 조화로운 어울림은 다른 감각들을 일깨워 툭툭 일어나게 하기도 한다. 온몸의 감각이 들고일어나 무대에 몰입할 때의 카타르시스. 아마도 그것이 오페라가 주는 즐거움이 아닐까.

윤석정의 시는 그런 오페라의 감각에 도전장을 내민다. 그의 시는 묘하게도 우리의 청각을 가장 예민하게 자극한다. 시를 눈으로 읽는데 소리가 들려온다. 윤석정의 시는 우리의 몸 구석구석에서 들려오는 소리들에 귀 기울이게 하고, 고요히 얼굴에 붙어 있던 귀에 존재감을 불어넣는다. 윤석정의 시를 읽다 보면 잠들어 있던 우리 몸의 감각이 부스스 깨어나는 소리를 듣게 된다. 감각이 이루어 내는 오페라. 그 비밀은 어디에 숨어 있는 것일까?

2

지하를 달리는 지하철 안, 시인은 "박쥐처럼 천장에 매달려 균형을 잡는다". 동굴 속을 달리며 동굴 속에서 생존하는 도시인, 그들이야말로 박쥐와 다를 바 없다. 그중에서 시인은 깨어 있는 박쥐다. 동굴 속에서 만나는 모든 풍경을 시인은 낱낱이 읽으려 든다. "반쯤 눈을 뜨고 입을 다문" 채 귀를 곤두세우고 보이는 풍경을 읽는 일에 골몰한다. 하루의 피로에 지친 박쥐들은 "거동 없이 입과 귀를 잠속으로 말아 넣고 가끔 집 근처 역을 지나"치기도 한다(「난해한 독서」). 어두운 한밤의 지하철은 동굴 속 같다. 하루의 일상에 지친 사람들은 모두 말을 잃고 앉아 있다. 꾸벅꾸벅 졸고 있는 사람들, 잠들지 않았지만 눈을 감고 있는 사람들, 지친 표정으로 멍하니 앉아 있는 사람들. 그들은 모두 혀를 빼앗긴 종족들 같다. 그런 지하철 안에서도 시인은 홀로 깨어 수많은 의미들을 읽으려 애쓴다. "지하철에서 자음 모음의 노선도를" 살피다 얽혀 있는 노선도가 마치 "얼기설기 살아 보고자 애쓰는" 우리네 인생 같다고 혼자 생각해 보기도 한다. "아직도 갈 길은 멀고 멀다고" 고개를 끄덕이며 시인은 "균형을 잃지 않고 동굴에서 아직 발설하지 않는 씨방을 천천히 읽는다". 「난해한 독서」는 일상을 대하는 윤석정 시인의 태도를 잘 보여 주는 시다. 일상의 한가운데서 시를 쓰면서 그는 균형을 잃지 않고 아직 의미화 되지 않은 풍경을 천천히 읽어 내려고 애쓴다. 일상으로부터 그의 시적 상상력은 빚어지지만 윤석정은 일상에 매몰되지 않기 위해 최소한의 거리와 균형을 유지하려는 의식을 가지고 있다. 그의 시가 진지한 분위기를 풍기는 까닭은 시인의 이러한 태도로부터 오는 것이다.

귀는 쥐를 먼저 봤다
뒤에서 밀담을 나누던 쥐

쥐가 귓바퀴를 빙빙 돌리더니
선잠 든 귀를 바퀴 속으로 끌고 들어갔다
생시에 본 적 없거나 볼 일이 없는 몽타주처럼
귓속 어둠을 후비고 다녔다

쥐는 소문을 번식시키는 종이었다
은밀히 새어 나간 소문으로 인해
귀퉁이를 갉아 먹도록 하는 무기형이 종족에게 내려졌다
어둠과 반죽된 음식물 쓰레기를 뒤적거리며
매일 연명해야 했다
귀가 쥐의 말을 해독하려 할수록 귓밥이 차올랐고
갈수록 아무 말도 들리지 않을 때가 늘어났다
귀머거리가 될 지경에 이르자
쥐가 귓바퀴를 파먹고 있음을 알았다

단 한 마리 쥐가 귀의 세상을 지배했다

잠결에서 깨어나고자 귀가 세상으로 쫑긋 서서
귀를 잡고 바퀴처럼 굴러 들어온 쥐를 끄집어냈다
쥐를 잡고 보니 귓속의 쥐는 헛것이었다
어둠으로 종적을 감춰 버린
꼬리가 가늘어진 소문을 귀는 추적했다

막다른 귀퉁이에서 쥐가 귀를 막아 버렸다

말더듬이 같은 이명을 귓속에 가둬 두고

쥐는 세상으로 빠져나온 이명의 귀를 갉아 먹었다

귀를 먹는 쥐가 변종하더니 세상에서 가장

귀해졌다

───「귀」

현대 사회는 우리의 시각을 여러모로 자극한다. 도시 문명이 발달할수록 시각을 자극하는 화려한 볼거리들이 많아져 간다. 그런데 현란한 시각적 이미지들은 상대적으로 청각을 둔감하게 한다. 청각은 어둠 속에서 오히려 예민해진다. 낮에는 들리지 않던 소리들이 밤이 되면 들리기 시작한다. 형광등이 웅웅거리는 소리, 시계 초침 소리, 비닐봉지가 바스락거리는 소리에도 극도로 예민해져, 소리들이 온 감각을 지배해 버린다. 이것이 바로 어둠이 갖는 힘이다.

쥐를 먼저 보는 것은 눈이 아니라 귀다. 어둠 속에서 움직임을 감지하는 것은 사실상 예민하게 열려 있는 청각이다. 눈으로 쥐를 보기 전에 귀는 먼저 쥐를 감지한다. 쥐의 움직임은 귀를 온통 사로잡아 귓속 어둠을 쥐가 후비고 다니는 형국이 된다. "쥐는 소문을 번식시키는 종이었다". 어둠을 타고 다니며 재빠르게 움직이는 쥐의 기질은 귀에 의해서 주로 감지된다. 쥐는 소리로 움직인다. "은밀히 새어 나간 소문으로 인해/ 귀퉁이를 갉아 먹도록 하는 무기형이”쥐의 “종족에게 내려졌다”는 시인의 상상력이 흥미롭다. 섭식의 시간도 쥐에게는 형벌의 연속이다. “어둠과 반죽된 음식물 쓰레기를 뒤적거리며/ 매일 연명해야” 하는 신세다. 소리에 예민한 시인의 감각이 온몸의 감각을 지배해 버리듯이 “단 한 마리 쥐가 귀의 세상을 지배했다”. 소리로만 존재를 웅변하되 잡히지 않던 “쥐를 잡고 보니 귓속의 쥐는 헛것이었다”. “어둠으로 종적을 감춰 버린/ 꼬리가 가늘어진 소문을 귀는 추적”한다. 쥐이자 헛것이자 소문인 그것은 귀로 인해 생명을 얻는다. 쥐를 좇던 귀는 어느새 쥐와 귀를 구별할 수 없는 존재가 되어 버린다. “귀를 먹는 쥐가 변종하더니 세상에서 가장/ 귀해졌다”.

귀와 쥐의 관계는 시적 대상을 포착해 그것을 시화하는 윤석정의 태도를 짐작하게 한다. 그렇게 볼 때 이 시는 메타 시로 읽을 수 있다. 그는 예민한 감각으로 시적 대상을 파악하려 들지만 파악된 시적 대상은 헛것이었다. 그래도 시인은 대상에 집요하게 몰입한다. 마침내 막다른 골목에 마주 섰을 때 시적 대상과 감각은 하나가 된다. 둘의 만남은 변종을 만들어 내고 그것은 ‘귀한 시’가 된다. 윤석정이 생각하는 ‘귀한 시’는 그렇게 대상에 몰입하는 순간 얻게 되는 것인지도 모른다.

　괄약근이 고장 났나 봐요
　힘주어 잠근 수도꼭지에서 자꾸 물이 새고요

냉장고는 매번 텁텁한 트림을 뱉고요

나는 구멍 난 장독 밑의 두꺼비처럼

화장실에서 쭈그려 앉아 있어요

내 몸은 나도 모를 신기한 소리를 감추고 있어요

괄약근은 머지않아 가수가 될 겁니다

개수대에 물방울 음계가 떨어지는

노랫소리를 듣고 있어요

소리의 파동이 내 귓바퀴를 어루만지더니

화장실의 적막을 헤집으며

스프링을 달았는지 통통 뛰어다녀요

웅근 소리가 아가리를 벌리고

나의 팔에 매달려 보채는 아이처럼

기어이 바깥으로 나를 끌어내려 해요

오래 풀어 놓은 괄약근을 조이며 일어서니까

복통이 아랫배를 두드리는 소리를 내요

그르렁거리는 냉장고는

보나마나 곰팡이의 영역이 된 지 오래고요

장마를 끝낼 무렵,

곰팡이가 야금야금 먹어 치운 벽면엔

아직도 구역 쟁탈전이 한창이랍니다

꽉 닫힌 냉장고 문을 열어

야채 칸, 과즙을 빨아들이며

보송한 솜털을 피운 곰팡이를 만지니까요

뿡 하고 방귀를 뀌네요

흐드러진 방귀 소리가 콧구멍을 치는데요

냉장고는 아무렇지 않은가 봐요

살아서는 결코

소리를 끌 수가 없을 테니까요

—「어디서 자꾸 소리가 나와요」

소리에 유난히 예민한 시인은 우리 몸에서 들려오는 소
리를 누구보다도 잘 감지한다. 그러고 보면 소리를 내는 것
들은 참 많기도 하다. 힘주어 잠근 수도꼭지에서 자꾸 물
이 새고, 냉장고는 그르렁거리며 매번 텁텁한 트림을 뱉는
다. 소리는 몸에서 비어져 나와 살아 있다고 외치며 존재를
드러낸다.

지금 화자는 화장실에 쭈그려 앉아 있다. 화자의 몸은
자신도 모를 신기한 소리를 감추고 있다. 생리 현상이라고
흔히 지칭하는 온갖 소리들이 몸 밖으로 터져 나올 때 그
것을 말릴 도리는 없다. 의지나 이성으로 통제되는 것이 아
닌 그 소리들은 "화장실의 적막을 헤집으며/ 스프링을 달
았는지 통통 뛰어"다닌다. 화자는 개수대에 물방울이 떨어
지는 소리를 노랫소리라고 부르듯이 즐거운 마음으로 몸에
서 나는 소리를 듣는다.

지극히 사적인 공간인 화장실에서 소리는 가장 자유롭
게 풀려난다. 그것을 시인은 매우 경쾌하게 그려 낸다. 각

종 소리를 담고 있는 화자의 몸은 냉장고에 비유된다. 냉장고에서 곰팡이가 야금야금 피어나면서 구역 쟁탈전을 벌이는 모습과 몸 밖으로 비어져 나가려고 몸 안을 빙빙 돌며 소리를 생산하는 모습이 맞물리면서 시각과 청각이 절묘하게 어우러져 서로 전환된다. 살아서는 결코 소리를 끌 수가 없는 것은 시인 역시 마찬가지일 것이다. 다소 장난스럽게 그려지고 있지만 몸에서 비어져 나오는 이 소리들은 모두 고통을 이겨 내려 애쓰는 가운데 나온 소리들이다. 그것은 살아 있다는 징표이기도 하다.

능선으로 몰려든 검은 구름이
귀밑머리처럼 삐죽삐죽 나온 지붕에 한 발을 걸친다
그 사이, 좁다란 골목길이 계단을 오르며 헉헉 숨 내쉬는 곳에
할아범 측백나무와 오페라 미용실이 마주 서 있다
그는 매일 미용실 바깥의 오페라를 감상한다
미용실 눈썹 처마에 모아 둔 나뭇잎 음표들이 옹알거릴 때
가위를 갈다가 번뜩이는 악보의 밑동,
백지에 오선을 긋던 어머니는 병세를 자르지 못해
머리에 자란 음표를 모두 빼내 옮겨 적었고
연주가 서툰 아버지는 가파른 골목길로 내려가 돌아오지 않았다
그해 오페라를 관람하려고 모여든 사람들은

측백나무에서 음표를 떼어 내던 앙상한 어머니를 목격하
였다
어머니를 마구 흔들고 지나간 바람이 옥타브를 높이며
구름 떼를 몰고 오기도 했다
미용실 문이 열리자 그는 내내 벌려 예리해진 가윗날을
접는다
머리숱이 적은 손님의 머리카락이 잘려 나갈 때마다
음치인 울음이 미용실에서 뛰쳐나간다
동네 아이들이 집으로 가는 길에선
울음이 두근거리는 아리아로 변주해 울려 퍼지고
측백나무에서 마지막 남은 음표가 눈썹 처마에 떨어질 때
낮은 지붕 위로 함박눈이 음계 없이 쏟아진다
나뭇가지 오선지 끝에 하얀 음표가 대롱대롱 매달리고
악보에 없는 동네 사람들이 돌림노래처럼 몰려나와
희희낙락 오페라를 구경한다

——「오페라 미용실」

가족사를 오페라 미용실에 빗대어 표현한 이 시는 윤석
정 시의 감각이 이루어 내는 총천연색 오페라를 들려준다.
좁다란 골목길을 지나 가파른 계단을 오르면 나오는 오페
라 미용실이 오페라의 무대가 되고, 집을 나가 버린 연주가
서툰 아버지, 병세가 호전되지 않는 앙상한 어머니, 머리숱
이 적은 손님이 오페라 무대에 선 가수가 된다. 할아범 측

백나무와 검은 구름과 지붕, 악보에 없는 동네 사람들은 관객이 되어 오페라 미용실에서 울려 퍼지는 오페라를 감상한다.

가난한 산동네에서 흔히 볼 수 있는 가족사를 오페라에 빗대어 표현하자 비극성은 줄어들고, 그들의 삶은 힘겹지만 살 만한 것이 되어 버린다. 무능한 아버지는 집을 나가 버린 후 돌아오지 않고, 병든 어머니는 자신을 마구 흔들고 지나가는 바람을 견디며 오페라의 일부를 이룬다. 오페라 미용실의 가위질 소리는 음악처럼 들린다. 측백나무가 바람에 흔들리며 오페라 미용실에서 연주되는 음악에 장단을 맞춘다. 동네 사람들도 몰려나와 희희낙락 오페라를 구경한다. 동네 사람들이 언제든 몰려나와 간섭하는 풍경은 가난한 산동네에서 익숙한 풍경이기도 하다. 구경꾼은 그렇게 오페라를 완성한다. 미용실의 가위 소리와 측백나무의 잎이 바람에 날리는 소리와 병든 어머니의 삶이 빚어내는 리듬이 한데 어우러져 가난한 산동네의 삶을 대표하는 오페라 미용실 가득 울려 퍼진다.

3

귀를 예민하게 열어 주는 윤석정의 오페라에 실감을 부여하는 것은 가난한 일상이다. 우악스럽게 소리 지르고 이웃에게 다 들리게 싸우는 가난한 동네의 소리가 그곳에서는 들려온다. "쌓여도 뜯지 않을 독촉장에/ 얼마 전 고장난 보일러"(「우산들」)가 그의 일상을 구성하고 있다. "터진 혈관을 흉측하게 드러낸 타이어"와 "엿가락처럼 구부러"진 늑골을 가진 채 "폐물이 될지 몰라 걱정스러운 표정"으로 서 있는 "삼천리 자전거"처럼 그의 삶은 초라하지만 그는 "정말 아무것도 걱정할 게 없다"고 말한다. "잘 모르겠지만 오늘은 끝까지 달리자/ 항상 충실히 달리다 막장에 온 삼천리 인생/ 귀퉁이를 버리고 신나게 달려 보자"(「삼천리 인생」)고 그가 말할 때 우리는 막장 인생에서 피어나는 오기와 용기를 보며 위안을 얻는다.

　　말총머리 박 씨를 오가는 길목에서 만난다 나는 어느 일요일에 이 골목으로 이사 오고서 박 씨와 전혀 인사를 나눈 적이 없다 내가 그에 대해 아는 건 우락부락한 인상과 묶인 긴 머리가 가지런히 놓인 등에 혹처럼 달린 갓난아이의 아빠라는 것 성은 박씨, 가정부 박 씨라고 나는 가정한다

　　일요일 골목에서 박 씨는 아내와 함께 있던 적이 없다 여느 때처럼 아이를 업고 장 보러 가거나 이웃과 대화를 나누는 박 씨 그와 종종 길목에서 마주치는데 나는 알은체 않는다 내가 수화기를 들고 당신이라는 고유한 번호를 누르자 신호음의 끝자락을 깨물고 나오는 당신, 당신이 찾는 나는 없

다 공중전화 부스가 수화기를 붙들고 나에게 바악, 박, 박 씨 고함치는데 부스에서 나오는 나는 있고 박 씨는 없다

일요일은 골목에 없다 유모차에 끌려 다니는 노파에게 어제 오늘 내일이 일요일이고 늙는 건 휴식이 아예 없어서 일요일은 없다 박 씨의 말총머리가 시계추처럼 흔들거리고 아이는 하루가 다르게 자라는데 골목마다 들썩이는 새로운 도시 신축 공사가 끝나면 골목은 없고 노파는 없다 세탁소에서 드라이클리닝을 마친 양복을 데려가는 박 씨, 오는 일요일이 양복에서 슬슬 빠져나가 골목에 일요일은 없다 말끔해진 양복처럼 골목 어귀를 돌아나가는 일요일

박 씨는 등에서 코 잠든 천진한 꿈마저 깨지 않도록 가파르면서 좁아지는 골목으로 조심히 올라간다 박 씨가 말총머리를 천천히 흔들며 온 골목을 나는 되짚어 내려가는데 당신은 없다 공중전화 부스가 없고 수화기가 없다 어김없이 돌아온 일요일인데 일요일은 어디에 있나

—「일요일 없는 일요일」

화자가 어느 일요일에 이 골목으로 이사 온 후 길목에서 이따금 만나는 "우락부락한 인상"의 말총머리 박 씨는 "묶인 긴 머리가 가지런히 놓인 등에 혹처럼 달린 갓난아이의 아빠"이다. "일요일 골목에서 박 씨는 아내와 함께 있던 적

이 없다". 일요일은 가족이 함께 단란한 시간을 보낼 수 있는 휴일이지만 이 골목엔 그런 일요일 따위 없다. 유모차에 끌려 다니는 노파와 아이를 업고 장 보러 가거나 이웃과 대화를 나누는 박 씨만이 있을 뿐이다. "일요일은 골목에 없다". 골목에 거주하는 생활에 지친 사람들에게 한가로운 휴일, 가족과 함께 보내는 휴일로서의 일요일은 없다. 그리고 "새로운 도시 신축 공사가 끝나면" 골목도 노파도 사라질 것이다. 달력에 표시된 일요일은 일주일에 한 번씩 어김없이 돌아오지만 이 골목에선 일요일을 도무지 찾아볼 길이 없다.

골목에서 뛰노는 아이들, 나들이 가는 단란한 가족의 모습을 통해 일요일을 실감할 수 있을 텐데 일요일에도 변함없이 유모차를 끄는 노파와 아이를 업고 다니는 박 씨의 모습을 볼 수 있다는 건 이 골목이 그만큼 먹고사는 일에 바빠 여유가 없다는 뜻이기도 하다. 일요일도 없이 출근하는 직장인과 일요일도 없이 학원에 가야 하는 아이들 때문에 골목은 노인들이나 백수들의 차지가 되어 버렸다. 윤석정의 시는 달라진 골목의 풍경을 통해 각박한 경쟁에 쫓겨 인간미를 잃어 가는 우리의 삶을 보여 준다.

오래된 달력의 빈 칸칸처럼 낡아 빠진 창문, 유리창에 낀 먼지의 내력은 누가 기록했는가. 쪽방 두어 평에서 살아가는 짐승, 누렇게 부은 눈알들이 가파른 모퉁이로 굴러가는데 여전히 반달은 뜨나 절반은 어둠에 저당 잡힌 달, 검푸른 혀를 날름대던 어둠이 달의 구멍에서 기어 나온다. 어둠이 시절 지난 나뭇잎 후두둑 떨어지는 자리를 스치며 바지춤 흐물흐 물 올리던 낯선 사내의 지린내를 휘어 감는다. 당신이 또렷 하게 남긴 자국을 지우려 해도 지워지지 않아요.

붉은 벽 아래 앉아 있는, 마치 그 자리에서 인화된 듯한, 일조량이 내내 비껴간 작고 쪼글쪼글한 노파. 바람이 불어와 요. 할머니, 사랑 노래를 부를까요. 눈알이 빠진 배고픈 짐승 이 울어요. 그녀의 늘어진 살갗이 어둠에 홀려 모퉁이로 흘 러가는데 그녀의 연애는 누가 기록했는가. 생의 골목에서 시 력을 내놓고 청력을 내놓고, 길 잃고 길 찾아 길 잃고 길 찾 아, 당신이 오지 않는 밤이어요.

절망과 희망이 서로 등을 기대고 있다면 절망하지 않는 희망은, 희망하지 않는 절망은 세상에 없을 것이다. 어둠이 스칠 때마다 바람이 불어와요. 아무도 넘지 못하는 경계란 없다. 어둠에 물린 짐승은 먼지처럼 유리창에 기대어 잠들고 절망과 희망이 가담하지 않는 꿈을 꾼다. 당신을 미치도록 사랑했던 짐승은 누가 기록했는가. 오래 엎드려 당신을 기록 하느라 힘이 빠질 뿐이어요.

　　　　　　　　　　　　　　　　　　　—「골목들」

이 시에서 그리는 골목들의 모습은 좀 더 적나라하다. 두어 평짜리 쪽방들로 이루어진 골목. 그곳에선 달마저 어둠에 저당 잡혀 있다. 달의 구멍에서 기어 나오는 것은 "검푸른 혀를 날름대던 어둠"이다. 어둠 가득한 골목에서 낯선 사내의 지린내가 풍겨져 나온다. 시인은 "오래된 달력의 빈 칸칸처럼 낡아 빠진 창문"과 그 "유리창에 낀 먼지의 내력"까지도 기록하고 싶어 한다.

골목에는 더 이상 아이들이 뛰놀지 않고 "작고 쪼글쪼글한 노파"가 "붉은 벽 아래" "마치 그 자리에서 인화된 듯"이 앉아 있다. "생의 골목에서 시력을 내놓고 청력을 내놓고" 늘어진 살갗만이 남은 할머니를 바라보며 시인은 그녀의 지나간 연애의 내력을 기록하고 싶어 한다.

골목은 우리가 살아왔고 살고 있으며 살아갈 인생의 내력을 품고 있다. 그곳에서 몸 부리고 살아가는 가난하고 초라한 인생들이 서로 등을 기대고 길 잃고 길 찾으며 나이 들어 왔듯이 앞으로도 그렇게 살아갈 것이다. "아무도 넘지 못하는 경계란 없다". "절망과 희망이 가담하지 않는 꿈을" 꾸며 때론 누군가를 미치도록 사랑하기도 하면서 우리는 그렇게 살아갈 것이다. 그리고 시인은 그 골목들을 기록하기 위해 오늘도 "오래 엎드려" 밤을 지새우고 있을 것이다.

4

윤석정의 첫 시집에는 시 쓰기에 관한 시도 몇 편 눈에 띈다. 메타 시라고 부를 수 있을 이 시들을 통해 윤석정이 생각하는 시에 대해 조금은 짐작할 수 있을 것이다. 그는 기본적으로 관찰자다. 모두가 피곤에 절어 잠든 지하철에서도 "박쥐처럼 천장에 매달려 균형을 잡"으며 "반쯤 눈을 뜨고 입을 다문"(「난해한 독서」) 채 지하철 안 '박쥐 ― 승객'들이 펼쳐놓는 문장들을 읽으려 애쓴다. 그는 "태어난 적이 없는 언어를 찾아 떠도는 섬"(「봉도(蓬島)」)이 되어 마침내 스스로 시가 되기를 꿈꾼다.

물렁물렁한 착상을 주무른다 손에 잡히면 금방 증발되거나 흐느적거리며 내려앉는 형상이 된다 유산시킨 영혼이 떠도는 팔레트에 물고기 뼈를 고아서 만든 아교를 섞는다 영혼의 입김을 불어넣으니 사라진 속살이 차오르고 비늘이 감싸인다 물렁물렁한 살을 찢고 지느러미를 빼낸 물고기가 퍼덕거린다 불현듯 그림판에 물살이 일렁인다 창세 이후 흙이 사는 강가에서, 아기 도요새가 곤히 잠든 둥지에서, 온갖 벌레와 어린 측백나무와 덩굴장미가 장악한 계절에서 이데올로기 없이 유영하는 물고기를 본다 붓끝에서 솟아오른 물고기가 연골에 힘을 넣는다 텅 빈 하늘이나, 으슥한 숲이나, 넓죽한 들녘을 배경으로 상상을 넣어 버무린다 아가미가 수면으로 뿜어내는 공기방울을 놓치지 않는다 물고기는 갑작스레 숨을 멈추고 물밑으로 숨어 버린다 덜 여문 태아가 주검으로 부웅 떠오른다 환상통을 견딜 때 돋은 지느러미로 알아볼 수 없이 퉁퉁 불어난 형상을 그녀는 만진다

　　　　　　　　　　　　　　　　　　—「물렁물렁한 물고기」

　하나의 착상이 시가 되기까지의 과정을 그린 이 시는 시 쓰기에 관한 윤석정의 자의식을 보여 준다. 그는 먼저 "물렁물렁한 착상을 주무"르기 시작하는데, 그것은 "손에 잡히면 금방 증발되거나 흐느적거리며 내려앉는 형상이 된다". 그러다가 유산시킨 영혼이 팔레트엔 가득하다. 거기에 "물고기 뼈를 고아서 만든 아교를 섞는다". 착상이 잘 들러붙게 하기 위해서다. "영혼의 입김을 불어"넣으면 "사라진 속살이 차오르고 비늘이 감싸인다". 피가 돌고 숨이 쉬어진다. "물렁물렁한 살을 찢고 지느러미를 빼낸 물고기가 퍼덕거린다". 이제 착상이 시의 언어로 전화하기 직전이다. "이데올로기 없이 유영하는 물고기를" 보며 거기에 "상상을 넣어 버무린다". 그러자 "물고기는 갑작스레 숨을 멈추고 물밑으로 숨어 버린다". "덜 여문 태아가 주검으로 부웅 떠오른다". 그렇게 수많은 "덜 여문 태아"들의 주검을 낳으며 "알아볼 수 없이 퉁퉁 불어난 형상"(「물렁물렁한 물고기」)을 만지며, 오늘도 시인은 "태어난 적이 없는 언어를 찾아"(「봉도(蓬島)」) 떠돌 것이다.

이 젊은 시인의 예민한 감각과 각성해 있는 관찰자적 태
도와 시를 찾아 떠도는 절박한 마음과 일상의 경험이 어우
러져 일구어 내는 오페라의 향연은 기대감을 갖게 하기에
충분하다.

윤석정

1977년 전북 장수에서 태어났다.
2005년 《경향신문》 신춘문예로 등단했다.
2006년 문예진흥기금을 받았다.

□

오페라 미용실

1판 1쇄 찍음 · 2009년 12월 1일
1판 1쇄 펴냄 · 2009년 12월 6일

지은이 · 윤석정
발행인 · 박근섭, 박상준
편집인 · 장은수
펴낸곳 · (주)민음사

출판 등록 1966. 5. 19. 제16-490호
서울시 강남구 신사동 506번지 강남출판문화센터 5층 (우)135-887
대표전화 515-2000 / 팩시밀리 515-2007
www.minumsa.com

❖ 이 책은 한국문화예술위원회의 문예진흥기금을 받아 출간되었습니다.